Ralf Hunsdiek

Stimme der Stille

novum ■ pro

Dieses **Buch ist** auch als
e-book
erhältlich.

www.novumverlag.com

Bibliografische Information
der Deutschen Nationalbibliothek:

Die Deutsche Nationalbibliothek
verzeichnet diese Publikation in
der Deutschen Nationalbibliografie.
Detaillierte bibliografische Daten
sind im Internet über
http://www.d-nb.de abrufbar.

© 2022 novum Verlag

ISBN 978-3-99107-746-6
Lektorat: Thomas Ladits
Umschlagfoto: Diana Eller,
Dreamstime Agency | Dreamstime.com
Umschlaggestaltung, Layout & Satz:
novum Verlag

Gedruckt in der Europäischen Union
auf umweltfreundlichem, chlor- und
säurefrei gebleichtem Papier.

www.novumverlag.com

Die Stimme der Stille

Ihre Quelle entspringt in deiner Seele,
und sie sagt dir, wer du wirklich bist.
Vertraue den Worten der Stimme der Stille,
sie spricht von einer Wahrheit, die wahr ist.

Wenn du glaubst, es geht nicht mehr weiter,
wenn du meinst, dass alles schon gesagt ist.
Die Stimme der Stille zeigt dir einen anderen Weg,
immer dann, wenn du des Zuhörens bereit bist.

Schenke ihr deine Aufmerksamkeit,
überhöre, was die Stimmen der anderen sagen.
Tausche Gedachtes durch Gefühltes aus,
sonst hörst du nur eigenes, lautes Klagen.

Wissend, dass Worte interpretiert werden können,
hat dir die Stimme der Stille viel zu sagen.
Gestatte ihr, von dir gehört zu werden,
sie wird antworten auf all deine Fragen.

Die Stimme der Stille lässt dich niemals allein,
dein Werkzeug der Wahl zu sein ist ihr Wille.
Du brauchst nicht die Ohren, um sie zu hören,
deine Gefühle sind die Stimme der Stille.

R.H. November 1, 2001

Der Garten des Lichts

Wenn du wieder zu müde zum Schlafen bist,
denn du sehnst dich nach Liebe und Licht.
Wenn das Wissen um Erfahrung zu Worten wird,
schreibt es, aus sich selbst heraus, dieses Gedicht.

Oft fühlst du dich von allem und jedem getrennt,
schaust in den Spiegel deines eigenen Seins.
Du zerrst an den Ketten deines physischen Lebens,
und nur langsam erkennst du, du bist mit allem eins.

Die Welt, in der du dich oft wie ein Opfer fühlst,
doch deren eigener Schöpfer du selber bist.
Es ist die Welt der perfekten Illusionen,
die für deine Reise, für dich erschaffen ist.

Du bist aus der Welt des Wissens gekommen,
und durch dich wird dem Leben Erfahrung gegeben.
Wenn die Wolken deiner Illusionen weichen,
dann wird es auch sonniger in deinem Leben.

Hinter dem Tor des Unsichtbaren,
liegt dahinter verborgen dein Glück?
Deine Träume öffnen dir dieses Tor,
aber kannst du, wann du willst, zurück?

Hoffnungen nehmen dich an die Hand,
und begleiten dich in den Garten des Lichts.
Staunend betrachtest du seine Fülle,
Sorgen und Bedenken verschwinden im Nichts.

Sein Licht so harmonisch und warm,
wie im Schein flackernder Kerzen.
So träumst du dich in diesen Garten,
in das Bild, tief in deinem Herzen.

Das Licht in diesem schönen Garten
ist aus dem Wissen der Liebe gemacht.
Es erleuchtet dir jetzt deinen Weg,
deine Gefühle haben dich hierher gebracht.

So wie die Tropfen das Wasser bilden,
so wie ein Ganzes aus vielen Teilen besteht.
So bist du mit allem verbunden,
du bist die Energie, die niemals verloren geht.

Für jeden gibt es einen solchen Garten,
jeder kann Illusion mit der Wirklichkeit verbinden.
Wer diesen Garten nicht infrage stellt,
der wird ihn auch für sich selber finden.

R.H. März 9, 1998

Niemals mehr nie wieder

Er hat dich oft in seine Arme genommen,
und hat dir Geborgenheit gegeben.
Er hat dich ein Stückchen größer gemacht,
doch du wirst es nie wieder erleben.

Oft hat er dich zum Lachen gebracht,
mit ihm war es schön, das Bett zu zerwühlen.
Er hat dich berührt wie kein anderer,
doch du wirst es nie wieder fühlen.

Er zeigte dir, wie aufregend das Leben ist,
du wirst ihn nie wieder sehen.
Er tauscht deine Nähe gegen Distanz ein,
du wirst das niemals verstehen.

Er schenkte dir viele schöne Momente,
du wirst die Erinnerung nie zerstören.
Ich liebe dich, sagte er zu dir,
du wirst es nie wieder von ihm hören.

Er hat dich glücklich gemacht,
doch dann ist er fortgegangen.
Du möchtest die Zeit zurückdrehen können,
doch du wirst es niemals verlangen.

Heute erinnerst du dich wieder an ihn,
und du schreibst die Erinnerungen nieder.
Heute bist du glücklich auch ohne ihn,
und du sagst niemals mehr nie wieder.

R.H. August 11, 1998

Nebelschleier

Du kannst mehr fühlen, als du siehst,
um dich herum ist deine eigene Welt.
Das Wissen, das wir alle in uns tragen,
liegt verborgen hinter Macht und Geld.

Es versteckt sich hinter Nebelschleiern,
wie durch Milchglas siehst du dein Leben.
Evolution und Erfahrung ist das Ziel,
es hat allem Leben seinen Sinn gegeben.

Oft befindest du dich im dichten Nebel,
in welche Richtung sollst du dann gehen?
Doch durch die Nebelschleier, die um dich tanzen,
kannst du verschwommen das Licht deiner Liebe sehen.

In genau diese Richtung willst du gehen,
doch von wo bist du hierher gekommen?
Erst, wenn du eine Frage wirklich stellst,
wirst du sicher auch eine Antwort bekommen.

Der Prozess um Erfahrung verändert Energie,
deine Wirklichkeit wohnt nur in dir.
Die Ewigkeit versteckt sich hinter der Zeit,
denn alles geschieht im Jetzt und im Hier.

Träume sind die Wurzeln deiner Wirklichkeit,
sie sind die Wurzeln deines Lebensbaumes.
Alles ist dir möglich in deiner Realität,
auch das Erleben eines schönen Traumes.

Du bemühst dich um einen Weg durch den Nebel,
und du weißt, du wirst ihn für dich finden.
Du wirst erfahren, wer du wirklich bist,
du wirst diese Nebelschleier überwinden.

R.H. Juni 15, 2000

Sommernacht in der Stadt

Es wird dunkel in der Stadt,
und der Abend bricht herein.
Die Hektik des Tages macht der Ruhe Platz,
dieser Abend lädt zum Träumen ein.

Hin und wieder zerreißt ein Hupen die Stille,
es ist jetzt dunkel in den Straßen der Stadt.
Die Abendglocken, die friedlich läuten,
verkünden, dass die Nacht jetzt begonnen hat.

Der Mond, der auf dem Weg zur Arbeit ist,
die zahllosen Sterne begrüßen ihn.
Die Lichter hinter den vielen Fenstern
haben dieser Nacht ihre Romantik verliehen.

Ganz leise bewegt ein Luftzug die Bäume,
das Rascheln der Blätter wie eine Melodie.
Unter einem Fenster ein einsamer Geigenspieler,
wem widmet er seine gefühlvolle Symphonie?

Der Tag wird gewechselt, es ist Mitternacht,
langsam verlöschen hinter den Fenstern die Lichter.
Zuerst ziehen nur ein paar Wolken auf,
doch langsam wird die Wolkendecke dichter.

Ein Fenster wird geräuschlos geöffnet
und ein junger Mann schaut heraus.
Erst lauscht er dem Geigenspieler,
dann bittet er ihn zu sich ins Haus.

Ein Schleier von Mystik liegt über der Stadt,
im Schein des Mondes ein geisterhaftes Licht.
Die Sterne verstecken sich hinter den Wolken,
so bekommt die Nacht jetzt ein neues Gesicht.

Der Mond schaut durch das offene Fenster,
was er sieht, zaubert ein Lächeln auf sein Gesicht.
Zwei Menschen, die sich zärtlich umarmen,
ein zerwühltes Bett und flackerndes Kerzenlicht.

Zaghaft zucken einige Blitze am Himmel
und ein leichtes Grollen ist zu hören.
Doch auch die ersten dicken Regentropfen
können die Harmonie dieser Nacht nicht stören.

Die Wolken behindern die Sicht des Mondes,
doch was er noch sieht, erzählt er den Sternen.
Von leiser Musik und zwei Menschen,
die ihre Lust füreinander kennen lernen.

Der Wind frischt ordentlich auf
und irgendwo weint ein Kind.
Das Grollen des Donners wird lauter
und das Rauschen des Regens konkurriert mit dem Wind.

Dieser Tag ist erst drei Stunden alt
und bald wird die Nacht zur Ruhe gehen.
Der kräftige Wind bläst die Wolken fort
und der Mond kann wieder in das Fenster sehen.

Zwei schlafende Menschen liegen eng umschlungen,
sehen das zustimmende Lächeln des Mondes nicht.
So verabschiedet sich diese Nacht
und freundlich begrüßt sie das Tageslicht.

Auch wenn gleich die Stadt wieder erwacht
und wieder das rege Treiben des Tages beginnt.
Zwei Menschen werden diese Nacht nicht vergessen,
in der die beiden zu Liebenden geworden sind.

R.H. Juni 17, 2000

Angst oder Liebe?

Beschäftigst du dich nur mit sichtbaren Dingen,
und gibst du nur, ohne etwas zu geben?
Ziehst du Grenzen für die Freiheit,
und lebst du wirklich dein eigenes Leben?

Siehst du nur mit deinen Augen, ohne zu sehen,
und ist dir längst Vergangenes geblieben?
Suchst du nach Fragen für deine Antworten,
und sprichst du von Liebe, ohne selber zu lieben?

Bewertest du aus Furcht, nicht zu entsprechen,
und beobachtest du, ohne ein Urteil zu erheben?
Verbannst du mich, weil ich dir nicht entspreche,
verzeihst du mir, ohne mir wirklich zu vergeben?

Ignorierst du, was du nicht verstehst,
und sprichst du von dir, ohne etwas zu verraten?
Tust du etwas, um etwas getan zu haben,
und gibst du, ohne etwas dafür zu erwarten?

Verstehst du, ohne verstehen zu wollen,
und redest du nur, ohne etwas zu sagen?
Hörst du nur, ohne etwas zu hören,
und fragst du nur, ohne etwas zu fragen?

Glaubst du nur das, was deine Augen sehen,
und versuchst du, deine Angst zu überwinden?
Fühlst du Liebe, ohne davor Angst zu haben,
versuchst du, für dein Schweigen die richtigen Worte zu finden?

Schließe jetzt deine Augen und sieh,
halte Ausschau nach dem weißen Licht.
Die letzte Wahrheit findest du tief in dir,
denn Angst kennt deine Liebe nicht.

R.H. Dezember 18, 2000

Vulkan

Ein dumpfer Aufschrei der Natur
kündigt das Bevorstehende an.
Es ist der Prozess der Veränderung,
damit neues Leben entstehen kann.

Fontänen des heißen Blutes der Erde,
das Schauspiel der Natur um Tod und Leben.
Wenn glühender Schmerz sich ins Tal wälzt,
hat er der Nacht den Anschein von Zerstörung gegeben.

Glutrot färbt sich der Abendhimmel,
vom glühend heißen Atem des Lebens.
Erstickt vom schwarzen Ascheregen,
wird der Kampf um Erhaltung vergebens.

Eine Lawine wälzt sich langsam den Hang herab,
vom Herzen der Erde nach oben gepumpt.
Sie verwüstet den Boden des physischen Lebens,
bis der Schrei des Bestehenden abrupt verstummt.

Die Kraft der Eruption und die glühende Lava
haben dem Vulkan seinen Schrecken gegeben.
Noch ein letzter Hauch vom Anschein des Todes
besiegelt den Anfang von allem neuen Leben.

R.H. August 11, 2001

Blutsauger

Ein Weg, der nirgends hinführt,
in eine Welt, die es wirklich gibt.
In dieser Welt, so schwarz wie die Nacht,
lebt das dunkle Wesen, das nicht liebt.

Gedanken, die Unheil erschaffen,
Zähne, wie Messer so scharf.
Der Weg gepflastert mit Gier,
in eine Welt, die es so nicht geben darf.

Zugpferde, die zum Ziehen nicht taugen,
gemästet mit Macht und mit Geld.
Eine Kutsche kommt niemals an,
sie fährt durch eine finstere Welt.

Ein Meer so schwarz wie Pech,
ein Schiff hat seinen Kurs verloren.
Eine Luft, die mit Ersticken droht,
eine Hölle wie vom Teufel selbst geboren.

Kälte, die von Wärme nichts wissen will,
ein Verlangen, das nimmt und zerstört.
Eine Träne versteckt hinter eisigem Lächeln,
ein lautes Flehen wird sorglos überhört.

Eine Möglichkeit, die das Unmöglichsein schafft,
eine Armut, die den Reichtum erlaubt.
Ein Versprechen, das nichts verspricht,
ein Glaube, der an gar nichts mehr glaubt.

Ein Acker, auf dem nichts wachsen kann,
eine Frucht, die nicht reift, doch verdirbt.
Eine Wertung, die nichts zu bewerten vermag,
ein Leben, das nur lebenslang stirbt.

Doch bald hat der Blutsauger sein Spiel verloren,
wenn es für ihn ausreichend Blut nicht mehr gibt.
Wenn er bemerkt, er hat am Leben vorbei gelebt,
wenn er bemerkt, dass er sich nur selbst nicht liebt.

R.H. August 15, 2001

Die Suche nach dir

Wohlige Wärme umhüllt meine Haut,
Schatten tanzen auf den Wänden.
Das Feuer im Kamin brennt langsam herunter,
und wir halten uns an den Händen.

Eingehüllt im Klang einer sanften Musik,
vorbei ist die Zeit der Suche nach Licht.
Wir haben uns so viel zu erzählen,
doch bewegen sich unsere Lippen nicht.

Wir teilen diese magischen Augenblicke,
feierlich mit dem warmen Licht der Kerzen.
Pulsierendes Leben in unseren Körpern,
Geborgenheit und Frieden in unseren Herzen.

Dein heißer Atem streift nun mein Haupt,
dein Blick dringt so tief in mich ein.
Mein Verlangen nach dir ist grenzenlos,
du möchtest ein Teil meines Lebens sein.

Weißt du noch, wie es war, als wir uns begegneten?
Sehenden Herzens haben wir uns gefunden.
Hoffend, dass es dieses Mal der Richtige ist,
wurden Zweifel und Bedenken überwunden.

Ich spüre deine sanften Lippen auf meinen,
lasse Vergangenes hinter mir liegen.
Wir schließen beide die Augen,
komm, lass uns zusammen fliegen.

Dann öffne ich meine Augen,
doch kann ich dich nicht sehen.
Aus einem schönen Traum erwacht,
werde ich auf die Suche nach dir gehen.

R.H. September 24, 2006

Seemann

Leise plätschert das Meer gegen die Planken,
eine lange, raue Seefahrt liegt hinter dir.
Freundlich lächelt dir die Sonne zu,
sehnsüchtig wartend sitzt du hier am Pier.

Du schaust auf das weite Meer hinaus,
denkst an die Abenteuer deines Lebens.
Viele Meere hast du schon befahren,
nach dem Hafen der Liebe suchtest du bisher vergebens.

Wie ein Teppich aus tausenden Diamanten,
so spiegelt sich das Sonnenlicht auf dem Meer.
Mit einer roten Rose in deiner Hand
kamst du, um ihm zu begegnen, hierher.

Ein leichter Wind bewegt das Meer,
und es lädt dich zum Träumen ein.
Entspannt schließt du deine Augen,
und noch immer sitzt du hier allein.

Die ersten Wolken ziehen heimlich auf
und Regentropfen tränken deinen Traum.
Blitze zucken schon hell am Horizont,
der Diamantenteppich wird zum Meeresschaum.

Deine Kleidung ist bereits nass vom Regen,
es wird dunkel, und der Regen ist kalt.
Die Schreie der Möwen sind längst verstummt,
und du hoffst, der Eine kommt jetzt bald.

Du fühlst dich hier allein gelassen,
der Hafen der Liebe ist es wohl nicht.
Du legst die Rose auf den nassen Boden,
und Regentropfen rinnen über dein Gesicht.

Immer noch hoffend schaust du dich um,
doch allein gehst du von hier fort.
Du weißt nun, dass er nicht kommen wird,
oder kommt er noch zu dir an Bord?

So schreibst du in das Buch deines Lebens:
Er kam niemals hierher zu mir.
Eine Träne verwischt seinen Namen,
die Rose liegt noch einsam am Pier.

R.H. Oktober 3, 2006

Wenn das Heute schon lange her ist ...

Es ist nun schon dreißig Jahre her,
da standest du plötzlich als Statist neben mir.
Auf den Brettern meines jetzigen Lebens
teile ich die Hauptrolle längst mit dir.

Dreißig Jahre sind vergangen wie im Flug,
all die Jahre, die wir gemeinsam auf der Bühne stehen.
Wir lernten durch Gespräche in verdienten Pausen,
im Wirrwarr der Welt noch das Gute zu sehen.

Wir haben stets harmonisch zusammen gespielt,
mit schlechten Kritiken wissen wir umzugehen.
Im Applaus, den uns das Leben gibt,
können wir unsere Freundschaft gespiegelt sehen.

Ist unser Spiel auch oft anstrengend gewesen,
haben wir unsere Ziele gemeinsam selbst gesteckt.
Vor der grandiosen Kulisse des Lebens
den Sinn von diesem Bühnenstück entdeckt.

Wenn das Heute schon lange her ist,
ohne die Illusion vom Raum und der Zeit.
Wenn für mich der letzte Vorhang fällt,
begleitet mich deine Freundschaft durch die Ewigkeit.

R.H. Januar 1, 2021

Tunnel ins Licht

Wie ein U-Bahntunnel in deinem Leben,
der Tunnel deiner inneren Erfahrungswelt.
Er wurde wie von Zauberhand erschaffen,
strahlend das Licht, das sein Ende erhellt.

Während deiner Reise durch diesen Tunnel
schaust du nur auf das weiße, kreisrunde Licht.
Nun entscheidest du bewusst, was es bedeuten soll,
und das Ende deiner Reise ist es nicht.

Das Ende dieses Tunnels ist ein Anfang,
weil nur enden kann, was nicht endlos ist.
Nun weißt du, dass du ihn selbst erschaffen hast,
weil du der Schöpfer deiner eigenen Erfahrungen bist.

So als wärest du eben erst aufgewacht,
sanft von der Stimme der Stille geweckt.
So als würdest du einen Irrgarten verlassen,
der wer du wirklich bist in seinem Wirrwarr versteckt.

Eine große Veränderung in deinem Leben,
in dem die Zeit und der Raum nicht sind.
Du begibst dich nach dort, wer du sein willst,
wo du künftig bewusst dein eigener Schöpfer bist.

Auf dieser Reise durch das ewige Leben,
nun durch das Licht des Gewahrseins erhellt.
Seine Vielfalt und Schönheit möchtest du teilen,
mit allen Menschen in jeder Welt.

Nun weißt du, wer du wirklich bist,
von deinen Fesseln des Getrenntseins befreit.
Aufgewacht und im Gewahrsein verbleibend,
bereit für jede mögliche Unmöglichkeit.

Das Großartigste, was du dir vorzustellen vermagst,
alles, was zu tun ist, ist schon längst getan.
Die Macht deines Gefühls erschafft dir eine neue Welt,
jetzt, in diesem Moment fängt sie zu wirken an.

R.H. Januar 3, 2021

Allein am Januarstrand

Wo der Blick auf das Wasser endet,
beginnt der Blick auf den Sand.
Dort, wo das Meer zu Ende ist,
da beginnt der Januarstrand.

Die Natur hat ihr weißes Kleid abgelegt,
der Sand ist nass und schwer.
Das Meer hat seine Brandung wieder,
über die Straße der Träume kamst du hierher.

Sonnenschein durch graue Wolken,
Regentropfen kannst du spüren.
Ein milder Wind berührt dein Haupt,
und du lässt dich von diesem Ort verführen.

Du atmest tief die klare Seeluft,
siehst Fußabdrücke tief im Sand.
Die Augen hast du halb geschlossen,
so gehst du entlang am Januarstrand.

Du träumst so vor dich hin,
und deine Sehnsucht will nicht vergehen.
Dunkle Kleidung weht im Wind,
wirst du ihn jemals wieder sehen?

Zwei Tränen küssen deine Wangen
und du schreibst seinen Namen in den Sand.
Du malst ein Herz um diesen Namen,
doch du bist so allein am Januarstrand.

R.H. Januar 4, 1995

Die Nacht am Januarstrand

Dort, wo das Licht zu Ende ist,
da beginnt die Dunkelheit.
Die Nacht hat längst begonnen,
und begleitet dich durch Einsamkeit.

Dort, wo das Jahr zu Ende ist,
da beginnt mitunter der Januar.
Nur wo die raue Wirklichkeit endet,
da wird ein Märchen für dich wahr.

Ein leichter Wind bewegt das Meer,
ein Sturm in deinem Herzen.
Mondlicht funkelt auf dem Wasser,
wie tausend brennende Kerzen.

Silbern glänzt der nasse Strand,
schimmernd im fahlen Mondenlicht.
Eine Träne fällt in den Sand,
du redest mit ihm, doch hört er dich nicht.

Laut rufst du seinen Namen,
kniend im Sand am Januarstrand.
Drei Worte fügst du leise hinzu,
dann schreibst du es in den Sand.

Doch nur der Wind hat dir zugehört,
nur der Mond las die Worte im Sand.
Das Meer spült alles mit sich fort,
so endet die Nacht am Januarstrand.

Wo Tränen ihre Kraft verlieren,
ist die Wirklichkeit zu stark.
Doch am Ende dieser Nacht
beginnt für dich der neue Tag.

R.H. März 24, 1997

Der fabelhafte Januarstrand

Langsam öffnest du deine Augen,
und du fragst dich: wo kann ich ihn finden?
Du hast wieder von ihm geträumt,
hier, wo sich das Meer und der Sand verbinden.

Dicke, graue Wolken am Himmel,
Nebelschleier tanzen auf dem Meer.
Du möchtest zurück in deinen Traum,
denn von dort kamst du hierher.

Du sitzt auf einem großen Stein,
am Strand, in der felsigen Bucht.
Du bist wieder am Januarstrand,
vor der Wirklichkeit auf der Flucht.

Der Wind spielt mit den Wogen,
über dem Wasser ein weinender Geigenklang.
Ganz leise beginnt es zu regnen,
von fern hörst du einen zarten Gesang.

Ein Gewitter am Horizont,
zuckende Blitze in weiter Ferne.
Dumpfes Grollen des Donners,
die nassen Felsen glitzern wie Sterne.

Der Wind singt wie die Musik der Geige,
und du lauschst den zärtlichen Klängen.
Sind deine Augen feucht vom Regen,
oder von den lieblichen Gesängen?

Das Singen und Summen wird lauter,
jetzt hörst du es direkt hinter dir.
Verwundert blickst du dich um,
eine Meerjungfrau, und sie ist hier.

Überrascht schaust du sie an,
sie sitzt bei dir, auf dem großen Stein.
Sie zaubert ein Lächeln auf ihr Gesicht,
jetzt bist du hier nicht mehr allein.

Nun sprichst du zu ihr mit leisen Worten,
dabei schaust du hinaus auf das Meer.
Du fühlst Stille und Frieden an diesem Ort,
deshalb kommst du so gerne hierher.

Du erzählst ihr von deinen Träumen von ihm,
deine Sehnsucht, sie kennt kein Maß.
Ein Träne rinnt dir über deine Wangen,
und wird zur schimmernden Perle aus Glas.

Zärtlich sagt sie, er wird dich hier finden,
und sie legt dir die Perle in die Hand.
Es ist ein Geschenk für euch beide,
sagt sie noch, bevor sie verschwand.

Suchend schaust du dich nun um,
doch die Meerjungfrau bleibt verschwunden.
In der Glasperle siehst du seine weinenden Augen,
denn er hat dich noch nicht gefunden.

Langsam verstummt der Gesang der Nixen,
noch lange schaust du auf das Meer.
Hier wirst du auf ihn warten,
hoffentlich findet er den Weg hierher.

R.H. Januar 9, 1998

Der wahrhafte Januarstrand

Laut dröhnt Musik aus den Lautsprechern,
untermalt von vielen zuckenden Lichtern.
Menschen, die tanzen oder miteinander reden,
und du suchst ihn in den vielen Gesichtern.

Plötzlich Enge in deiner Brust,
denn du schaust in sein vertrautes Gesicht.
Ja, es sind seine braunen Augen,
doch seinen Namen weißt du noch nicht.

Wieder seid ihr euch hier begegnet,
und jetzt erfährst du von ihm, wie er heißt.
Als er dir lächelnd in die Augen schaut,
ein Gefühl, für das du Worte nicht weißt.

Zwei Stunden zusammen mit ihm,
ihr redet, ihr tanzt und ihr lacht,
doch auch für euch bleibt die Zeit nicht stehen,
einen Abschiedskuss hat er dir zum Geschenk gemacht.

Blüten schaukeln auf dem Wasser,
am Strand werden sie zu Meeresschaum.
Du schaust in das Antlitz der Meerjungfrau,
und du weißt, du bist zurück aus deinem Traum.

Wassertropfen perlen von ihrem Leib,
und sie gleiten in den Sand.
Dabei klimpert es wie zartes Glas,
du bist wieder an deinem Januarstrand.

Eine tobende Brandung in deinem Herzen,
und die Nixen, die in der Ferne singen.
Zarte Töne von Geigen und Harfen
lassen eine seltsam friedliche Symphonie erklingen.

Du hältst noch die Glasperle in der Hand,
die einst eine Träne gewesen ist.
Die Meerjungfrau rät dir, geduldig zu warten,
weil sie gerade in deinen Gedanken liest.

Sie kennt deine Sehnsucht nach ihm,
warum ist er nur noch nicht hier?
Suchend schweift dein Blick über den Strand,
ein schluchzendes und seufzendes Meer in dir.

Du schaust auf die Perle in deiner Hand,
mit den Augen betrachtet sieht man es kaum.
In der Glasperle siehst du ein sanftes Lächeln,
und es ist dir vertraut aus deinem Traum.

Er kann dich hier nicht sehen,
doch vielleicht fühlt er, wo du bist.
Sein Weg wird ihn hierher führen,
wenn er der Eine für dich ist.

Sie spricht weiter mit leiser Stimme,
kommt er hierher zu dir an den Strand.
Aus der Perle wird dann wieder eine Träne,
legst du sie ihm in seine Hand.

Die Meerjungfrau ist wieder verschwunden,
nur ein Flimmern in der Luft bleibt zurück.
Träumend schaust du auf das Meer hinaus,
träumend von deinem großen Glück.

So kostbar ist diese Glasperle,
wertvoll, was dich das Leben lehrt.
Doch jeder Augenblick mit ihm
ist für dich von unendlichem Wert.

R.H. Januar 11, 1998

Frühling am Januarstrand

Dein Glück verdrängt das Alleinsein,
Augenblicke für die Ewigkeit.
Das Leben schreibt ein Märchen
auf die Seiten deiner Lebenszeit.

Möwenschreie über dem Meer,
Fußabdrücke im nassen Sand.
Zwei Männer sind hier entlang gegangen,
hier am Meer, am Januarstrand.

Das Wasser spricht mit musikalischer Stimme,
der Frühling hat den Winter verdrängt.
Das Glück hat deine Karten neu gemischt
und rosa Wolken in den Himmel gehängt.

Der Seewind spielt mit deiner Kleidung,
du siehst neben dir die Spuren im Sand.
Deutlich hörst du jeden Atemzug,
ganz fest drückst du seine Hand.

Er hat den Weg hierher gefunden,
jeder Tag ist ein Geschenk für dich.
Er nimmt dich in seine Arme,
zwei Lebenslinien treffen sich.

Doch noch ist es Glück auf dünnem Eis,
für dich kostbarer als jeder Edelstein.
Macht ihr zwei jetzt unbedachte Schritte,
bricht das Eis unter euren Füßen ein.

R.H. Februar 10, 1998

Winter am Januarstrand

Du schaust auf das Meer der versunkenen Träume,
an diesem dunklen Tag am Januarstrand.
Die Perle, die in seiner Hand zur Träne wurde,
war noch nicht einmal trocken, als er wieder verschwand.

Mit ihm war der Sand etwas goldener,
mit ihm schien die Sonne etwas heller.
Mit ihm war das Wasser etwas blauer,
mit ihm verging die Zeit viel schneller.

Mit ihm gingen auch die rosa Wolken,
den Glanz der Sonne nahm er mit sich fort.
Ist alles wahr, oder hast du nur geträumt,
war für ihn Liebe nichts als ein Wort?

Regentropfen werden zu Schneeflocken,
und das Wasser gefriert zu Eis.
Es ist tiefer Winter am Januarstrand,
Kälte, die von Wärme nichts weiß.

Der Wind zerreißt nun die Stille,
und der Schnee bedeckt den Sand.
Du siehst es verschwommen wie durch Glas,
kehrst du jemals zurück an den Januarstrand?

R.H. Februar 19, 1998

Erinnerung am Januarstrand

Das Meer hat sie längst mitgenommen,
eure Fußabdrücke hier im Sand.
Hier am Meer deiner versunkenen Träume,
du erinnerst dich an deinen Januarstrand.

Eine Liebe starb schon bei ihrer Geburt,
er hat wohl nie wieder an dich gedacht.
Und du hast ihn nie wieder gesehen,
das erhoffte Glück hat er dir nicht gebracht.

Von eisig kühlem Wasser umspült
kniest du tief im nassen Sand.
Du erinnerst dich an die Worte der Nixe,
die immer wieder plötzlich verschwand.

Noch einmal denkst du an die Zeit,
an das, was im Januar hier geschah.
An das, was schon im Februar endete,
an die Zeit, in der er bei dir war.

Wie schwebend in der Leere des Nichts,
hier, wo Tränen gefrieren zu Perlen aus Eis.
Nun wissend schaust du auf das Meer hinaus,
auf seine Gegenwart, die von euch nichts mehr weiß.

Du möchtest deine Augen noch nicht schließen,
doch der Schlaf lässt sich nicht mehr vertreiben.
Du träumst einen Traum, der dich nun befreit,
doch die Erinnerung wird dir immer bleiben.

R.H. Oktober 20, 1998

März am Januarstrand

Wenn das Läuten der Glocken zu laut wird,
weil eine Liebe lebendig begraben ist.
Wenn Himmel und Hölle beieinander liegen,
und du zwischen ihnen die Brücke bist.

Wenn du den Ort der Besinnung suchst,
dann gehst du wieder an den Januarstrand.
Dort, wo die Wärme der Sonne das Eis abtaut,
und zum Vorschein kommt schwerer Sand.

Doch auch hier kannst du ihn nicht vergessen,
zu viel Schönes konntest du mit ihm erleben.
Wie mag es ihm inzwischen wohl ergehen,
wird er der Liebe noch eine Chance geben?

Was er jetzt wohl gerade macht,
du hast einige Zeit nichts von ihm gehört.
Deinem Wunsch nach Frieden entspricht er so,
indem er seine Liebe zu dir zerstört.

Jetzt kannst du den Frieden nicht genießen,
denn du wünschst dir, er kommt zurück.
Wozu er sich jetzt auch entscheiden mag,
du liebst ihn und wünschst ihm nur Glück.

Du siehst die dichte Wolkendecke,
doch auch einige Strahlen von goldenem Licht.
Es erscheint dir, als wäre auch er hier,
denn in den Wolken siehst du sein Gesicht.

Du kennst seine braunen Augen,
doch hast du sie so traurig noch nie gesehen.
Gerne würdest du ihn jetzt berühren,
doch dazu müsstest du über das Wasser gehen.

In Gedanken rufst du ihm zu,
hab keine Angst, ich liebe dich.
Gib unserer Liebe noch eine Chance,
und zerstöre nicht das Gefühl für mich.

Das Gesicht verschwindet vom Wolkenhimmel,
doch das Gefühl der Hoffnung bleibt in dir.
Die Wolken weichen den Sonnenstrahlen,
und mit Hoffnung im Herzen wartest du hier.

Du hörst die Stimme der Brandung sagen,
du sollst keine Ungeduld riskieren.
Sie flüstert, dass du ihm jetzt nur Zeit geben sollst,
dann wirst du seine Liebe nicht verlieren.

Du weißt nicht, ob deine Energie ihn erreicht,
weißt nicht, ob er dich wahrnehmen kann.
Im Herzen einen Hoffnungsschimmer,
für etwas, das schon dramatisch begann.

Als er zu dir kam, ist dein bester Freund gegangen,
denn der Tod hat ihn mit sich genommen.
So füllte er eine Lücke in deinem Leben,
was jetzt eine Pause macht, hat so begonnen.

Wieder wartest du hier an deinem Januarstrand,
und du hörst zu, was dir die Brandung erzählt.
Den Weg zurück zu dir wird er finden,
er hat ein Leben gemeinsam mit dir gewählt.

R.H. März 20, 2000

Noch einmal am Januarstrand

Ein Zug verschwindet hinter dem Horizont,
und er bringt dich jetzt weit von mir fort.
Als ich den Zug schon längst nicht mehr sehen kann,
nur ein lautloser Schrei und ein Wort.

Der Zug fährt immer weiter,
doch steht die Zeit jetzt still.
Die Sehnsucht holt mich wieder ein,
weil ich nur noch bei dir sein will.

Einsamkeit nimmt mich an die Hand,
Bilder im Kopf gesellen sich dazu.
Ein langer Blick wie durch milchiges Glas,
in meinen Gedanken und Herzen bist du.

Ich drehe mich um und gehe zurück,
zurück in die nun leeren Räume.
Ein einsames Bett und zerwühlte Kissen,
Erinnerungen, ein Lächeln und Träume.

Dicke Wolken verstecken den Himmel,
und es zieht mich an einen vertrauten Ort.
Das Meeresrauschen kann ich nun zu hören,
viele Jahre war ich schon nicht mehr dort.

Der Wind flüstert säuselnd mir zu,
und ich zeichne ein Herz in den nassen Sand.
Ich schreibe deinen Namen hinein,
ich bin wieder an meinem Januarstrand.

Den Januarstrand habe ich selbst erschaffen,
und ich habe ihm seinen Namen gegeben.
Hoffnung und Trost habe ich hier gefunden,
ich kann hier verweilen, doch ich kann hier nicht leben.

Ich schaue auf das weite Meer hinaus,
am Horizont fährt geisterhaft dein Zug.
Nur drei Tage bist du bei mir gewesen,
nur der Rest meines Lebens wäre lange genug.

Die Stimme des Windes erhebt sich nun,
hier kannst du ihm nicht wieder begegnen.
Den Januarstrand brauchst du nicht mehr,
ganz heimlich und leise fängt es an zu regnen.

Der Wind spricht weiter mit fester Stimme,
auf deiner Reise wirst du ihn wieder sehen.
Nimm ihn dann ganz einfach an die Hand,
und dann lasse ihn nie wieder gehen.

Geh mit ihm auf dem Weg der Liebe,
lass jetzt Vertrauen in dein Herz hinein.
Regentropfen in meinen Augen,
ohne dich fühle ich mich so allein.

R.H. Juni 29, 2018

Wieder allein am Januarstrand

Mit dem Januar beginnt ein neues Jahr,
mit dem Blick auf den Sand beginnt das Land.
Mit dem Wasser beginnt das Meer,
mit diesen Sätzen bist du wieder allein am Januarstrand.

Dort, wo dich die Einsamkeit alleine lässt,
wo ein Wunsch zu träumen beginnt.
Dort, wo deine Hoffnung zuhause ist,
wo Einsamkeit dir wie Sand in den Händen zerrinnt.

Dort, wo du dich erinnerst an bessere Tage,
wo du nicht versucht bist, Erinnerung zu leben.
Dort sind Fußabdrücke tief im Sand,
um dir eine neue Richtung vorzugeben.

Dorthin, wo dir deine Ängste nicht folgen dürfen,
berührt das Meer deiner Träume das Land.
Dort, wo die Wolken deinen Himmel beschützen,
ganz tief in dir selbst ist dein Januarstrand.

Wenn du das Alleinsein nicht ertragen kannst,
wenn Liebe versinkt wie einst die Titanic im Meer.
Deine Sehnsucht, sie bekommt Schmetterlingsflügel,
und sie trägt dich über den Weg der Wünsche hierher.

Geflohen vor vergangener Zukunft,
in der das Lachen die Freude vermisst.
Du hörst den lauten Schrei einer Möwe,
der für dich allein nur zu hören ist.

Du schaust auf das weite, spiegelnde Meer,
und was du siehst, ist dein eigenes unruhiges Leben.
Hier, wo du selbst deinem Ich begegnest,
wo dein Jetzt und dein Morgen deinem Gestern vergeben.

Nun bist du mit dir selbst am Januarstrand,
wo das Wasser den Sand sanft berührt.
Wo ein leichter Wind dich streichelt,
wo Bewegung den vermeintlichen Stillstand verführt.

Hier, wo dir die Stille nicht zu laut ist,
hier siehst du, wer du wirklich bist.
Hier gibst du dich dir selbst zurück,
hier, wo dein eigenes Ich zuhause ist.

Gefrorene Freude mit Schnee bedeckt,
in einem Winter, der die Wärme vermisst.
Jetzt fühlst du, deine Liebe war immer da,
und dass der Wunsch zu teilen nicht erfroren ist.

Auch wenn Wolken dir die Sicht verdecken,
du weißt, die Sterne sind für immer da.
Wann werden sich eure Blicke treffen,
dein Wunsch wird nur durch dich selber wahr.

So wie du den Januarstrand erschaffen hast,
aus tausenden tiefen Gefühlen gemacht.
So wirst du deine Reise weiterhin selbst gestalten,
durch ein Leben, das jetzt zusammen mit dir lacht.

R.H. Dezember 13, 2020

Der Autor

Ralf Hunsdiek wurde 1964 in Nordrhein-Westfalen
geboren. Er beschritt lange den Weg des Einzel-
handelskaufmannes, bis er sich Mitte der Neunzi-
ger für eine große Kehrtwende entschied und in
den Pflegebereich wechselte.
Zu dieser Zeit begann er auch in einer Silvester-
nacht, Gedichte zu verfassen. Sein Schreiben war
für Ralf Hunsdiek stets eine Art der Reflexion und
des Sammelns und Ordnens von Gedanken und
Gefühlen; vor allem im Hinblick auf Zwischen-
menschliches. Die Erfahrungen und den Mehrwert,
den er selbst durch die Gedichte erlebt hat, teilt er
nun in diesem Buch.
Ralf Hunsdiek verbringt nicht nur gerne Zeit mit
Literatur und Videos, um Eindrücke in sich aufzu-
nehmen, sondern vor allem auch mit Gesprächen
mit anderen Menschen. Seine fürsorgliche und
empathische Gabe erlaubt es ihm, Perspektiven
und Eindrücke einzufangen, die er dann in neuen
Gedichten zu Papier bringt.
Er lebt in Berlin und ist ledig.

Der Verlag

Wer aufhört
besser zu werden,
hat aufgehört
gut zu sein!

Basierend auf diesem Motto ist es dem novum Verlag
ein Anliegen neue Manuskripte aufzuspüren, zu ver-
öffentlichen und deren Autoren langfristig zu fördern.
Mittlerweile gilt der 1997 gegründete und mehrfach
prämierte Verlag als Spezialist für Neuautoren in
Deutschland, Österreich und der Schweiz.

Für jedes neue Manuskript wird innerhalb
weniger Wochen eine kostenfreie, unverbind-
liche Lektorats-Prüfung erstellt.

Weitere Informationen zum Verlag und
seinen Büchern finden Sie im Internet unter:

www.novumverlag.com